Lee Aucoin, *Directora creativa*
Jamey Acosta, *Editora principal*
Heidi Fiedler, *Editora*
Producido y diseñado por
Denise Ryan & Associates
Ilustraciones © Bettina Guthridge
Traducido por Yanitzia Canetti
Rachelle Cracchiolo, *Editora comercial*

Teacher Created Materials

5301 Oceanus Drive
Huntington Beach, CA 92649-1030
http://www.tcmpub.com
ISBN: 978-1-4807-2999-5
© 2014 Teacher Created Materials

Anna fue a Zambia

WITHDRAWN

Escrito por Sharon Callen
Ilustrado por Bettina Guthridge

Anna buscó en su atlas. ¿Adónde iría hoy? Bueno...

3

Fue a **A**rizona, a **B**umble Bee, un pueblo deshabitado. Como nadie vive allí, no pudo ver demasiado.

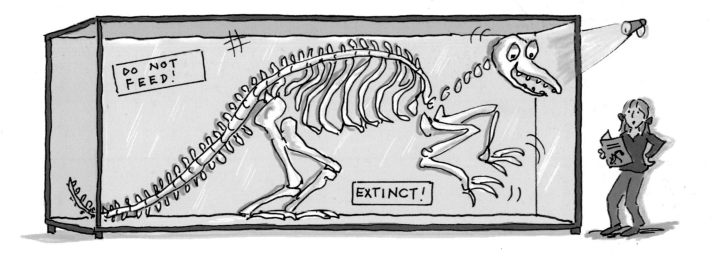

Fue a **C**olorado, a **D**inosaurio, y pensó
que vería alguno. No halló nada
extraordinario... ¡Allí no quedaba ni uno!

Luego voló a **E**uropa: ver **F**rancia era su deseo. Y vio la Torre Eiffel mientras duró aquel paseo.

Pasó un rato por **G**recia, pero en
Hamburgo almorzó. Se le antojó una
hamburguesa, ¡porque allí se originó!

Más tarde fue **H**ollypark, en **I**rlanda, junto al mar. Luego llegó al sur de Italia, y en **J**oppolo fue a nadar.

¿Qué lugar empieza con **K**? ¡Pues **K**enia, claro está! Así que de inmediato, se dirigió hacia allá.

Después visitó **L**ima, y a **M**exicali viajó.
En **N**ewcastle se detuvo, ¡y un viejo
castillo vio!

10

En **Ñ**acunday y **O**rlando, vio unas naranjas hermosas. ¡Y le encantó disfrutar de tantas frutas jugosas!

Luego voló a **P**anamá y a **P**annoomilloo, ¡qué bien!

A **Q**uebec, **R**oma y **S**ídney. ¡Y a **T**ombuctú también!

Halló **U**ncertain, en Texas. Y llegó a **V**an,
en Turquía.

¿Y adónde fue después? ¡Nadie lo adivinaría!

Cerca de **W**rexham, en Gales,
llegó a un pueblo singular, ¡cuyo nombre
no podía ni siquiera pronunciar!

WELCOME TO
Llanfairpwllgwyngyllgog-
erychwyrndrobwllllanty-
siliogogogoch.

Y se pronuncia así:
Son-bar-for-esquin-yis-co-yedez-güere-an-drobo-santis-tili-yog-go-go-gof.

¡Los osos panda viven en Xia Xian!

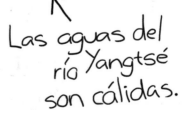

Las aguas del río Yangtsé son cálidas.

Hasta **X**ia **X**ian fue.
¡Y luego al río **Y**angtsé!

Llegó a **Z**ambia, finalmente.
¡Y vio a "La cebra durmiente"!

Anna llamó a su madre:
—¡Tienes la hija más inteligente!
Le he dado la vuelta al mundo...
¡alfabéticamente!